這本可愛的小書是屬於

_____ 的！

國家圖書館出版品預行編目資料

要勇敢喔！－第一次上幼稚園 / 方梓著；皮卡,豆卡
繪.－－初版一刷.－－臺北市：三民，2005
面；　　公分.－－(兒童文學叢書.第一次系列)

ISBN 957-14-4211-9　（精裝）

850

網路書店位址　http://www.sanmin.com.tw

© 　要勇敢喔！
　　　　——第一次上幼稚園

著作人　方　梓
繪　者　皮　卡 ／ 豆　卡
發行人　劉振強
著作財
產權人　三民書局股份有限公司
　　　　臺北市復興北路386號
發行所　三民書局股份有限公司
　　　　地址 ／ 臺北市復興北路386號
　　　　電話 ／ (02)25006600
　　　　郵撥 ／ 0009998-5
印刷所　三民書局股份有限公司
門市部　復北店 ／ 臺北市復興北路386號
　　　　重南店 ／ 臺北市重慶南路一段61號
初版一刷　2005年2月
編　號　S 856821
定　價　新臺幣貳佰元整
行政院新聞局登記證局版臺業字第○二○○號

ISBN　957-14-4211-9　（精裝）

# 記得當時年紀小

（主編的話）

我相信每一位父母親，都有同樣的心願，希望孩子能快樂的成長，在他們初解周遭人事、好奇而純淨的心中，周圍的一草一木，一花一樹，或是生活中的人情事物，都會點點滴滴的匯聚出生命河流，那些經驗將在他們的成長歲月中，形成珍貴的記憶。

而人生有多少的第一次？

當孩子開始把注意力從自己的身體與家人轉移到周圍的環境時，也正是多數的父母，努力在家庭和事業間奔走的時期，孩子的教養責任有時就旁落他人，不僅每晚睡前的床邊故事時間無暇顧及，就是孩子放學後，也只是任他回到一個空大的房子，與電視機為伴。為了不讓孩子的童年留下空白，也不願自己被忙碌的生活淹沒，做父母的不得不用心安排，這也是現代人必修的課程。

三民書局決定出版「第一次系列」這一套童書，正是配合了時代的步調，不僅讓孩子在跨出人生的第一步時，能夠留下美好的回憶，也讓孩子在面對起起伏伏的人生時，能夠步履堅定的往前走，更讓身為父母親的人，捉住了這一段生命中可貴的片段。

這一系列的作者，都是用心關注孩子生活，而且對兒童文學或教育心理學有專精的寫手。譬如第一次參與童書寫作的劉瑪玲，本身是畫家又有兩位可愛的孫兒女，由她來寫小朋友第一次自己住外婆家的經驗，讀之溫馨，更忍不住發出莞爾。年輕的媽媽宇文正，擅於散文書寫，她那細膩的思維和豐富的想像力，將母子之情躍然紙上。主修心理學的洪于倫，對兒童文學與舞蹈皆有所好，在書中，她描繪朋友間的相處，輕描淡寫卻扣人心弦，也反映出她喜愛動物的悲憫之心。謝謝她們三位加入為小朋友寫書的行列。

當然也要感謝童書的老將們，她們一直是三民童書系列的主力。散文高手劉靜娟，她善於觀察那細微的稚子情懷，以熟練的文筆，娓娓道來便當中隱藏的親情，那只有媽媽和他知道的祕密。

　　哪一個孩子對第一次上學不是充滿又喜又怕的心情？方梓擅長書寫祖孫深情，讓阿公和小孫子之間的愛，克服了對新環境的懼怕和不安。

　　還記得寫《奇奇的磁鐵鞋》的林黛嫚嗎？這次她寫出快被人遺忘的回娘家的故事，親子之情真摯可愛，值得珍惜。

　　王明心和趙映雪都是主修幼兒教育與兒童文學的作家。王明心用她特有的書寫語言，讓第一次離家出走的兵兵，幽默而可愛的稚子之情，流露無遺。趙映雪所寫的雲霄飛車，驚險萬分，引起了多少人的回憶與共鳴？那經驗，那感覺，孩子一輩子都忘不了，且看趙映雪如何把那驚險轉化為難忘的回憶。

　　李寬宏是唯一的爸爸作者，他在「音樂家系列」中所寫的舒伯特，廣受歡迎；在「影響世界的人」系列中，把兩千五百歲的酷老師──孔子描繪成一副顛覆傳統、令人印象深刻的形象，更加精彩。而在這次寫到第一次騎腳踏車的書中，他除了一向的幽默風趣外，更有為父的慈愛，千萬不能錯過。我自己忝陪末座，記錄了小兒子第一次陪媽媽上學的經驗，也希望提供給年輕的媽媽，現實與夢想可以兼顧的參考。

　　我們的童年已遠，但從孩子們的「第一次」經驗中，再次回到童稚的歲月，這真是生命中難忘而快樂的記憶。我希望每一位父母都能與孩子一起走回童年，一起讀書，共創回憶。這也是我多年來，主編三民兒童文學叢書，一直不變的理想。

# 作者的話

　　第一天上學，大概是所有的小朋友既期待又害怕的一件事。

　　現代家庭，大多只有一個或兩個小孩，而且很多小朋友都是讓保姆或是阿公阿嬤照顧長大的，也都是在沒有什麼玩伴的情況下，度過孤單寂寞的幼年。到幼稚園去認識朋友成了小朋友最大的願望。

　　我的女兒從兩歲開始，每次看到娃娃車上的小孩，或是在公園遇到其他的小朋友，甚至是路過幼稚園時，總是捨不得離開，從她的神情，我讀出她渴望著朋友、玩伴。再好的家庭環境，再好的父母，總無法滿足孩子們想和其他小朋友打成一片的願望。

　　群體生活是人類基本的願望，不管成人或小孩都無法孤獨的生活，尤其小朋友是透過幼稚園或小學、中學的群體生活，做為將來長大踏入社會的先行適應期。

　　幼稚園是現今小朋友的第一所學校，也是從這裡開始有了「同學」的概念。

　　雖然，許多小朋友都喜歡讀幼稚園，然而，第一次孤單的離開爸爸媽媽，第一次一個人面對著從不認識的人，第一次在沒有親人的陪伴下處在陌生的環境，害怕、緊張是難免的。如何讓第一天上學的小朋友不害怕，是很多家長擔心的事，事實上，小朋友適應環境的能力，有時比我們想像的還強，還要快速。我想那是群體和友情的召喚，對孩子來說，因為彼此同樣擁有孩童的赤子心、容易卸除防衛的心，所以極易在短暫的時間內找到共同的語言以及相似的經驗，坦誠的打玩成一片，這在成人過度設防的心態下是很難做到的。

　　雖然，小朋友的適應能力強，但是如何在小朋友第一天上學，為他

3

做好心理準備，仍是爸媽的重要課題。首先，是要讓小朋友不害怕，增加他的信心；然後，教導他愛人、與人為善為友的心態。即使面臨著小朋友被欺負、彼此會爭吵的時候，那也是必然的過程，除非情況相當嚴重，否則無需反應過度，使小朋友在群體中自在的適應。

本文中，東東算是極為順利的度過了第一天的學校生活，同時也結交了好朋友。但是情況並非總是如此。我的大女兒三歲就讀幼稚園，當天就和小朋友打成一片，每天快快樂樂上學，樂不思蜀；小女兒則不然，在幼稚園從小班讀到中班才停止每天上學的哭泣，才適應幼稚園的群體生活，才消除離開爸媽的不安全感。

第一天上學，第一天待在完全陌生的環境，第一天適應群體的生活……幾乎所有的小朋友都要面對這樣的害怕，不管適應的時間長短，每個小朋友終究會融入屬於他們自己的群體。身為父母者，除了希望子女在學校獲得知識外，也期盼他們有個快樂、充實的童年。

方梓

4

# 要勇敢喔！

### 第一次上幼稚園

方　梓／著

皮卡　卡／繪

豆　卡

終於，媽媽願意讓東東去讀幼稚園了。

從四歲半，東東就吵著要去上學。現在東東五歲了，媽媽說可以上幼稚園了。

好幾次，阿公帶著東東去公園散步，路過一所小小的幼稚園，東東總會停下來，好奇的看著園內的小朋友，他們玩得好開心，讓東東好羨慕。

「阿公，我什麼時候可以讀幼稚園？我想跟小朋友玩。」東東好希望自己就在裡面，跟著他們玩耍。

「快了，過幾天你就要讀幼稚園了，東東就快要有同學了。」

「阿公，什麼是同學？」

「就是你在幼稚園一起上課、一起玩的小朋友啊。」

「他們會不會喜歡我？」

「當然，只要你喜歡他們，他們就會喜歡你。」

今天要去幼稚園了，
東東卻害怕起來，
緊張在一個人
也不認識的陌生學校，
也害怕沒有阿公阿嬤陪伴。
現在，東東就快要有
好朋友了。
東東好興奮，
也好緊張，
他的同學會是誰？
他們會不會不喜歡他？

10

12

「媽媽，我好害怕喔，小朋友
會不會欺負我？」
「不會，只要對人好，就可以
交到好朋友喔，在幼稚園裡，
你一定可以認識很多朋友。」

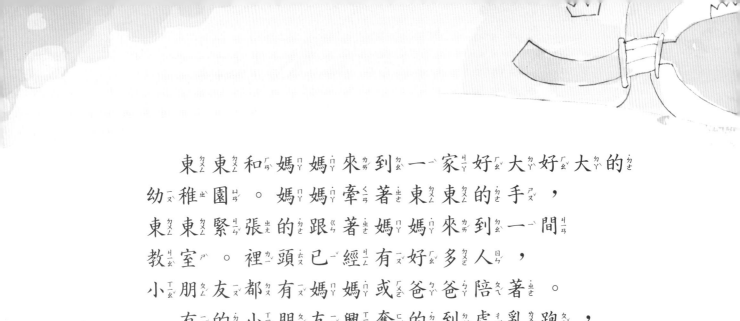

東東和媽媽來到一家好大好大的
幼稚園。媽媽牽著東東的手，
東東緊張的跟著媽媽來到一間
教室。裡頭已經有好多人，
小朋友都有媽媽或爸爸陪著。
有的小朋友興奮的到處亂跑，
也有小朋友害怕的哭了。

15

沒多久，來了一個漂亮的阿姨，她說她是江老師。她要小朋友們坐好，爸爸媽媽們站在教室的後面。哭鬧和笑鬧的小朋友都安靜的坐下來，可是也都不安的回頭看著自己的爸爸媽媽。

江老師一個一個
點名認識小朋友，
然後對爸爸媽媽
說了一些話，爸爸
媽媽們都紛紛
離開了。一些小朋友
又開始哭了，
東東也好想哭。

19

媽媽上班去了，
她說，東東今天
只有半天班，中午
阿公會來接東東回家。
　　東東旁邊的小朋友
哭得好厲害，讓他
好害怕也好想大哭。
可是早上阿公說，
東東很勇敢，上學是
好事，不要害怕。

20

江老師一個一個安慰哭著的小朋友。她對東東說，東東好乖好勇敢都沒哭，還要他拿面紙給旁邊的小朋友慶慶擦眼淚。東東害羞的把面紙給慶慶，慶慶接過面紙，擦擦眼淚，慢慢不哭了。

於是，東東對慶慶說：
「我叫東東，我媽媽說
來這裡是要交朋友的，
你做我的朋友好嗎？」
慶慶點點頭沒有說話。

　　下課了。江老師帶著
小朋友到廁所，慶慶緊緊的
跟著東東，東東好高興，
他終於交到第一個朋友了。

接下來，和心想戲都一起。
吃點心，
玩遊戲，
慶慶都一起。
東東

27

29

中午放學了，阿公來接東東。慶慶是全天班，依依不捨的看著東東離開幼稚園。東東回頭對慶慶說：「明天，我就是全天班了，明天陪你玩。」慶慶開心的笑著跟東東揮揮手。

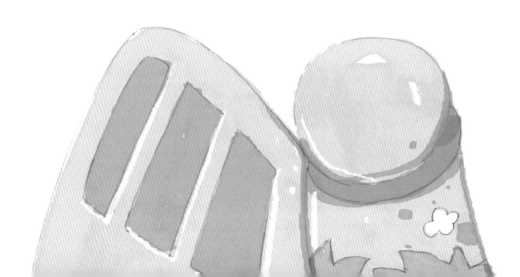

「今天上課好玩嗎？」阿公牽著東東的手。

「很好玩！阿公，我交到一個朋友了，明天我就讀全天班好嗎？」東東仰著頭對阿公說。

「當然好啊！明天你開始坐娃娃車，就會碰到你的好朋友了。回家了，阿嬤在等我們吃飯呢。」阿公疼愛的摸摸東東的頭。